Niccolò Machiavelli

Andria

© 2023 Culturea Editions

Texte et illustration de couverture : © domaine public
Edition : Culturea (Hérault, 34)
Contact : infos@culturea.fr
Retrouvez notre catalogue sur http://culturea.fr
Imprimé en Allemagne par Books on Demand
Design typographique : Derek Murphy
Layout : Reedsy (https://reedsy.com/)

Dépôt légal : janvier 2023
Tous droits réservés pour tous pays

ISBN : 9791041845583

ATTO PRIMO

Scena prima

Simo, Sosia

SIMO *(agli schiavi)* Portate voi altri drento queste cose, spacciatevi![1]. Tu, Sosia, facti in qua: io ti voglio parlare uno poco.

SOSIA Fa' conto d'havermi parlato; tu vuoi che queste cose s'acconcino bene.

SIMO Io voglio pure altro.

SOSIA Che cosa so io fare, dove io ti possa servire meglo che in questo?

SIMO Io non ho bisogno di cotesto per fare quello che io voglo, ma di quella fede et di quello segreto[2] che io ho conosciuto sempre essere in te.

SOSIA Io aspecto d'intendere quello che tu vuoi.

SIMO Tu sai, poi che io ti comperai da piccolo, con quanta clemenza et giustitia io mi sono governato teco, et di stiavo[3] io ti feci libero, perché tu mi servivi liberalmente, et per questo io ti pagai di quella moneta che io potetti.

SOSIA Io me ne ricordo.

SIMO Io non mi pento di quello che io ho facto.

SOSIA Io ho gran piacere, se io ho facto et fo cosa che ti piaccia: et ringratioti che tu mostri di conoscerlo: ma questo bene mi è molesto, che mi pare che, ricordandolo hora, sia quasi un rimproverarlo ad uno che non se ne ricordi. Che non di' tu in una parola quello che tu vuoi?

SIMO Così farò. Et innanzi ad ogni cosa io t'ho a dire questo: queste noze non sono, come tu credi, da dovero.

SOSIA Perché le fingi adunque?

SIMO Tu intenderai da principio ogni cosa, et a questo modo conoscerai la vita del mio figluolo, la deliberatione mia e quello che io vogla che tu facci in questa cosa. Poi che 'l mio figluolo uscì di fanciullo et che ei cominciò a vivere più a suo modo (imperò che chi harebbe prima potuto conoscere la natura sua, mentre che la età, la paura, il maestro, lo tenevono a freno?

SOSIA Così è! ...

SIMO ... di quelle cose che fanno la maggio+r parte de' giovanetti, di volgiere l'animo a qualche piacere, come è nutrire cavagli, cani, andare allo Studio, non ne seguiva più una che un'altra, ma in

---

1 *spacciatevi*: sbrigatevi.
2 *segreto*: riservatezza.
3 *stiavo*: schiavo.

3

tutte si travaglava mediocremente[4]; di che io mi rallegravo.

SOSIA Tu havevi ragione, perché io penso nella vita nostra essere utilissimo non seguire alcuna cosa troppo.

SIMO Così era la sua vita: sopportare facilmente ognuno; andare a' versi[5] ad coloro con chi el conversava; non essere traverso [6]; non si stimare più che gli altri; et chi fa così, facilmente sanza invidia, si acquista laude et amici.

SOSIA Ei si governava saviamente, perché in questo tempo chi sa ire a' versi, aquista amici, et chi dice il vero, aquista odio.

SIMO In questo mezo una certa femmina, giovane et bella, si partì da Andro per la povertà et per la negligenza de' parenti, et venne ad habitare in questa vicinanza.

SOSIA Io temo che questa Andria non ci arrechi qualche male.

SIMO Costei in prima viveva onestamente, guadagnandosi il vivere col filare et con il texere; ma poi che venne hora uno, hora un altro amante promettendole danari, come egli è naturale di tutte le persone sdrucciolare facilmente da la fatica a l'ozio, l'acceptò lo invito; et a sorte, come accade, coloro che alhora l'amavano, cominciorno a menarvi il mio figluolo; onde io continuamente dicevo meco medesimo: - Veramente egli è stato sviato! egli ha hauto la sua![7] -. Et qualche volta, la mattina, io appostavo[8] i loro servi, che andavano et venivono, et domandavogli: – Odi qua, per tua fé: a chi toccò hiarsera Chrisyde? – perché così si chiamava quella donna.

SOSIA Io intendo.

SIMO Dicievano: – Phedria, o Clinia, o Nicerato – perché questi tre l'amavano insieme. – Dimmi: Pamphilo che fece? – Che? Pagò la parte sua et cenò –. Di che io mi rallegravo. Dipoi, anchora l'altro dì io ne domandavo, et non trovavo cosa alcuna che apartenessi a[9] Pamphilo. Et veramente mi pareva un grande et rado exemplo di continenza, perché chi usa con huomini di simil natura, et non si corrompe, puoi pensare ch'egli ha fermo il suo modo del vivere. Questo mi piaceva, et ciaschuno per una bocca [10] mi diceva ogni bene, et lodava la mia buona fortuna, che havevo così facto figluolo. Che bisognano più parole? Cremete, spinto da questa buona fama, venne spontaneamente a trovarmi, et offerì dare al mio figluolo una unica sua figluola con una gran dote. Piacquemi, promissigli, et questo dì è deputato a le noze.

SOSIA Che mancha, dunque, perché le non sono vere?

SIMO Tu lo intenderai. Quasi in quegli dì che queste cose seguirono, questa Criside vicina si morì.

SOSIA Ho! io l'ho caro! Tu m'hai tutto ralegrato: io havevo paura di questa Crisyde.

SIMO Quivi il mio figluolo, insieme con quegli che amavono Crisyde, era ad ogni hora: ordinava il

---

4 *mediocremente*: «con giusta moderazione ed equilibrio» (Davico Bonino).

5 *andare a' versi*: assecondare.

6 *non essere traverso*: non contrastare alcuno.

7 *ha hauto la sua*: ha avuto la sua ferita.

8 *appostavo*: tenevo d'occhio. 13.

9 apartenessi a: riguardasse.

10   *per una bocca*: a una voce.

mortoro, [11] malinconoso, et qualche volta lacrimava. Questo anche mi piacque; et dicevo così meco medesimo: – Costui per un poco di consuetudine sopporta nella morte di costei tanto dispiacere: che farebb'egli, se l'havessi amata? che farebb'egli, s'io morissi io? –. Et pensavo queste cose essere inditio d'una humana et mansueta natura. Perché ti ritardo io con molte parole? Io andai anchora io per suo amore a questo mortoro, non pensando per anchora alcun male.

SOSIA Che domin sarà questo?

SIMO Tu il saprai. Il corpo fu portato fuora, noi gli andamo dietro: in questo mezo, tra le donne ch'erano quivi presenti, io veggo una fanciulletta d'una forma...

SOSIA Buona, per adventura!

SIMO ...et d'un volto, o Sosia, in modo modesto et in modo gratioso, che non si potrebbe dire più, la quale mi pareva che si dolessi più che l'altre. Et perché la era più che l'altre di forma bella et liberale, m'accostai a quelle che le erano intorno, et domandai chi la fussi. Risposono essere sorella di Crisyde. Di facto, io mi senti' raviluppare l'animo: ha! ha! questo è quello! di qui nascevono quelle lacrime! questa è quella misericordia!

SOSIA Quanto temo io, dove tu habbi a capitare!

SIMO Intanto il mortoro andava oltre: noi lo seguitavamo et arrivamo al sepolcro; la fu messa nel fuoco; piangevasi. In questo tanto, questa sua sorella che io dico, si accostò alle fiamme assai imprudentemente et con periculo. Allotta Pamphilo, quasi morto, manifestando il celato et dissimulato amore, corse et abbracciò nel mezo [12] questa fanciulla, dicendo: — O Glicerio mia, che fai tu? perché vai tu a morire? —. Alhora quella, acciò che si potessi vedere il loro consueto amore, se gli lasciò ire adosso, piangendo molto familiarmente.

SOSIA Che di' tu?

SIMO Io mi diparti' di quivi adirato et male contento; né mi pareva assai giusta cagione di dirgli villania, perché ei direbbe: — Padre mio, che ho io facto? che ho io meritato? o dove ho peccato? Io ho prohibito che una non si gietti nel fuoco et la ho conservata: [13] la cagione è honesta! —.

SOSIA Tu pensi bene, perché, se tu di' villania a chi ha conservata la vita ad uno, che farai tu a chi gli facessi danno et male?

sarto L'altro dì poi venne a me Cremete gridando havere udito una cosa molto trista, che Pamphilo haveva tolto per mogle questa forestiera; io dicevo che non era vero; quello affermava ch'egl'era vero. In summa io mi parti' da lui al tutto alieno da il darci la sua figluola.

SOSIA Alhora non riprehendesti tu il tuo figluolo?

SIMO Né anchora questa cagione è assai potente a riprehenderlo.

SOSIA Perché? dimmelo!

SIMO — Tu medesimo, o padre, hai posto fine a queste cose: e' si appressa il tempo che io harò a

---

11   *ordinava il mortoro*: organizzava il funerale.

12   *nel mezo*: all'altezza della vita.

13   *la ho conservata*: l'ho salvata.

vivere a modo d'altri; lasciami in questo mezo vivere a mio modo! —.

SOSIA Quale luogo ci è rimaso adunque per riprenderlo?

SIMO Se per amor di costei ei non volessi menare donna[14], questa è la prima colpa che debbe essere correpta. Et hora io attendo che, mediante queste falze noze, nasca una vera cagione di riprehenderlo, quando ei neghi di menarla. Et parte quel ribaldo di Davo consumerà, s' egli ha facto disegno alcuno, hora che gl'inganni nuocono poco: il quale so che si sforza con le mani e co' piè fare ogni male, più per fare iniuria a me, che per giovare al mio figluolo.

SOSIA Per che cagione?

SIMO Domandine tu? Egli è huomo di cattiva mente et di cattivo animo, il quale veramente, se io me n'adveggo... Ma che bisognano tante parole? Facciamo di trovare in Pamphilo quel ch'io desidero, che per lui[155] non manchi. Resterà Cremete, il quale dipoi harò a placare, et spero farlo: hora l'ufitio tuo è simulare bene queste noze et sbigottire[16] Davo et observare quel che faccia il mio figluolo et quali consigli sieno i loro.

SOSIA E' basta; io harò cura ad ogni cosa. Andiamone hora drento.

SIMO Va' innanzi; io ne verrò.

Scena seconda

Simo, Davo

SIMO (*solo*) Sanza dubbio il mio figluolo non vorrà mogie, in modo[17] ho sentito temere Davo, poi ch'egli intese di queste noze... Ma egli esce fuora.

DAVO (*a parte*) Io mi maraviglavo bene che la cosa procedessi così, et sempre ho dubitato del fine che havessi havere questa humanità del mio patrone; il quale, poi ch'egli intese che Cremete non voleva dare mogle al suo figluolo, non ha detto ad alcuno una parola et non ha mostro d'haverlo per male.

SIMO (*a parte*) Ei lo mosterrà hora, et, come io penso, non sanza tuo gran danno.

DAVO (a parte) Egli ha voluto che noi, credendoci questo, ci stessimo con una falsa allegreza, sperando, sendo da noi rimossa la paura, di poterci come negligenti giugnere al sonno, et che noi non havessimo spatio a disturbare queste noze. Guarda che astutia!

SIMO (*a parte*) Che dice questo manigoldo?

DAVO (*a parte*) Egli è il padrone, et non lo havevo veduto.

SIMO O Davo!

---

14   menare donna: sposarsi.
15   *per lui*: da parte sua.
16   *sbigottire*: spaventare.
17   in modo: in tal modo.

6

DAVO O! Hu! Che cosa è?

SIMO Vieni a me!

DAVO Che vuole questo zugo?[18]

SIMO Che di' tu?

DAVO Per che cagione?

SIMO Domandine tu? Dicesi egli che 'l mio figluolo vageggia?[19]

DAVO Il popolo non ha altro pensiero che cotesto.

SIMO Tiègli tu il sacco o no?

DAVO Che! Io cotesto?

SIMO Ma domandare hora di queste cose non sta bene ad uno buono padre, perché m'importa poco quello ch'egli ha facto innanzi a questo tempo. Et io, mentre ch 'l tempo lo pativa, ne sono stato contento, ch'egli habbi sfogato l'animo suo. Hora, per lo advenire, si richiede altra vita et altri costumi: però io voglo, et, se lecito è, io ti priego, o Davo, che ei ritorni qualche volta[20] nella via.

DAVO Io non so che cosa si sia questa.

SIMO Se tu ne domandi, io tel dirò: tucti coloro che sono innamorati hanno per male che sia dato loro mogle.

DAVO Così dicono.

SIMO Alhora, se alcuno pigla a quella cosa per suo maestro uno tristo[21], rivolge il più delle volte l'animo infermo alla parte più cattiva.

DAVO Per mia fé, io non ti intendo.

SIMO No, he?

DAVO Io son Davo, non propheta.

SIMO Quelle cose, adunque, che mi restono a dirti, tu vuoi che io te le dica a lettere di spetiali?[22]

DAVO Veramente sì.

SIMO Se io sento che tu ordini hoggi alcuno inganno in queste noze, perché le non si faccino, o che tu vogla mostrare in questa cosa quanto tu sia astuto, io ti manderò carico a morte di mazate a zappare tucto dì in uno campo: con questi pacti, che, se io te ne cavo, che io habbia a zappare per te!

---

18 *zugo*: sciocco, letteralmente significa `frittella'.
19 *vageggia*: è innamorato.
20 *qualche volta*: una buona volta.
21 tristo: malvagio.
22 *lettere di spetiali*: a lettere grandi, in modo da non generare equivoci.

Ha' mi tu inteso o non anchora?

DAVO Anzi ti ho inteso appunto, in modo hai parlato la cosa aperta et sanza alcuna circunlocutione.

SIMO Io sono per sopportarti[23] ogni altro inganno più facilmente che questo.

DAVO Dammi, io ti priego, buone parole.

SIMO Tu mi uccelli?[24] Tu non mi inganni di nulla; ma io ti dico che tu non facci cosa alcuna inconsideratamente, et che tu non dica anche, poi: — E' non mi fu predetto! —. Habbiti cura.

Scena terza

Davo solo

Veramente, Davo, qui non bisogna essere pigro né da poco, secondo che mi pare havere hora inteso per il parlare di questo vechio circha le noze: le quali, se con astutia non ci si provede, ruineranno me o il padrone; né so bene che mi fare, se io aiuto Pamphilo o se io ubbidisco al vechio. Se io abbandono quello, io temo della sua vita; se io lo aiuto, io temo le minaccie di costui: et è difficile ingannarlo, perché sa ogni cosa circha il suo amore et me observa perché io non ci facci alcuno inganno. S'egli se ne advede, io sono morto; et, se gli verrà bene,[25] e' troverrà una cagione per la quale, a torto o a ragione, mi manderà a zappare. A questi mali questo anchora mi si agiugne, che questa Andria, o amica o mogle che la si sia, è gravida di Pamphilo; et è cosa maraviglosa udire la loro audacia; et hanno preso partito, da pazi o da innamorati, di nutrire ciò che ne nascerà, et fingono intra loro un certo inganno, et come fu già un certo vechio mercatante che ruppe[26] apresso a l'isola d'Andro et quivi morì; dipoi il padre di Crisyde si prese costei ributtata dal mare, piccola et sanza padre. Favole! Et a me, per mia fé, non pare verisimile: ma alloro[27] piace questo trovato. Ma ecco Misyde ch'esce di casa; io me ne voglio andare in mercato, acciò che il padre non lo giunga sopra questa cosa improvisto.[28]

Scena quarta

Miside ancilla

Io ti ho intesa, Archile: tu vuoi che ti sia menata Lesbia. Veramente ella è una donna paza et obliàca[29] et non è sufficiente a levare il fanciullo d'una che non habbi mai partorito; nondimeno io la merrò.[30] (*rivolta al pubblico*) Ponete mente la importunità di questa vechia! solo perché le si inobliacano insieme. O Idio! io ti priego che voi diate facultà a costei di partorire, et a quella vechia di fare errore altrove et non in questa. Ma perché veggo io Pamphilo mezo morto? Io non so quel

---

23   *Io sono per sopportarti*: sono disposto a tollerare.
24   *mi uccelli*: mi prendi in giro.
25   verrà bene: piacerà.
26   *ruppe*: naufragò.
27   *alloro*: a loro - *questo trovato*: questa trovata.
28   non lo giunga sopra questa cosa improvisto: non lo colga sprovvisto
29   *obliàca*: ubriaca.
30   *io la merrò*: io la condurrò qui.

che sia; io lo aspetterò per sapere donde nasca ch'egli è così turbato.

Scena quinta

Pamphilo, Miside

PAMPHILO È questo cosa humana? È questo ofitio[31] d'un padre?

MISIDE Che cosa è questa?

PAMPHILO Per la fede di Dio et degli huomini, questa che è, se la non è iniuria? Egli ha deliberato da se stesso di darmi hoggi mogle: non era egli necessario che io lo sapessi innanzi? Non era egli di bisogno che me lo havessi comunicato prima?

MISIDE Misera a me! che parole odo io?

PAMPHILO Cremete, il quale haveva denegato[32] di darmi la sua figliuola, perché s'è egli mutato? Perché vede mutato me? Con quanta obstinatione s'affatica costui per sveglermi[33] da Glicerio! Per la fede di Dio, se questo adviene, io morrò in ogni modo. È egli huomo alcuno che sia tanto sgratiato et infelice quanto io? È egli possibile che io per alcuna via non possa fuggire il parentado di Cremete in tanti modi schernito et vilipeso? Et non mi giova cosa alcuna! Ecco che io sono rifiutato et poi ricercho; il che non può nascere da altro, sed non che nutriscono qualche mostro, il quale perché non possono gittare adosso ad altri, si volgono a me.

MISIDE Questo parlare mi fa per la paura morire.

PAMPHILO Che dirò io hora di mio padre? Ha! doveva egli fare tanta gran cosa con tanta negligentia che, passandomi egli hora presso in mercato, mi dixe: — Tu hai hoggi a menar mogle: aparéchiati, vanne a casa —. Et proprio parve che e' mi dicessi: — Tira via, vanne ratto, et impiccati! -. Io rimasi stupefacto. Pensi tu che io potessi rispondere una parola o fare qualche scusa almeno inepta o falsa? Io ammutolai. Ché, se io l'havessi saputo prima... che harei facto? Se alcuno me ne domandassi, harei facto qualche cosa per non fare questo. Ma hora che debbo io fare? Tanti pensieri m'impediscono et traggono l'animo mio in diverse parti: l'amore, la misericordia, il pensare a queste noze, la reverenza di mio padre, il quale humanamente mi ha infino a qui conceduto che io viva a·mmio modo... Ho io hora a contrappormegli? Heimè! che io sono incerto di quello habbi a fare!

MISIDE Miser'a me! che io non so dove questa incertitudine habbi a condurre costui! Ma hora è necessariissimo o che io riconcilii costui con quella o che io parli di lei qualche cosa che lo punga:[34] et mentre che l'animo è dubio, si dura poca fatica a farlo inclinare da questa o da quella parte.

PAMPHILO Chi parla qui? Dio ti salvi, Miside!

MISIDE Dio ti salvi, Pamphilo!

---

31   ofitio: compito.
32   *haveva denegato*: si era rifiutato.
33   *sveglermi*: svellermi, staccarmi.
34   lo punga: gli tocchi il cuore.

PAMPHILO Che si fa?

MISIDE Domandine tu? La muore di dolore; et per questo è hoggi misera,[35] che la sa come in questo dì sono ordinate le noze; et però teme che tu non la abbandoni.

PAMPHILO Heimè! sono io per fare cotesto? Sopporterò io che la sia ingannata per mio conto? che mi ha confidato l'animo et la vita sua? la quale io prenderei volentieri per mia donna? Sopporterò io che la sua buona educatione, costretta da la povertà, si rimuti? Non lo farò mai:

MISIDE IO non ne dubiterei, s'egli stessi solo a te; ma io temo che tu non possa resistere alla forza che ti farà tuo padre.

PAMPHILO Stimimi tu però sì da poco, sì ingrato, sì inhumano, sì fiero, che la consuetudine, lo amore, la vergogna non mi commuova et non mi amunisca ad observarle la fede?

MISIDE Io so questo solo, che la merita che tu ti ricordi di lei.

PAMPHILO Che io me ne ricordi? O Miside, Miside, ancora mi sono scritte nello animo le parole che Crisyde mi dixe di Glicerio! Ella era quasi che morta, che la mi chiamò; io me le accostai; voi ve ne andasti, et noi rimanemo[36] soli. Ella cominciò a dire: O Pamphilo mio, tu vedi la belleza et la età di costei; né ti è nascoso quanto queste dua cose sieno contrarie et alla honesta et a conservare le cose sua[37]. Pertanto io ti priego per questa mano dextra, per la tua buona natura et per la tua fede et per la solitudine in la quale rimane costei, che tu non la scacci da te et non l'abandoni. Se io t'ho amato come fratello; se costei ti ha stimato sempre sopra tutte le cose; se la ti ha obedito in ogni cosa; io ti do a costei marito, amico, tutore, padre; tutti questi nostri beni io commetto in te et a la tua fede gli raccomando Et alhora mi messe intro le mani lei, et di sùbito morì: io la presi et manterrolla.

MISIDE Io lo credo certamente.

PAMPHILO Ma tu perché ti parti da lei?

MISIDE Io vo a chiamare la levatrice.

PAMPHILO Va' ratta... Odi una parola: guarda di non ragionare di noze, ché al male tu non agiugnessi questo.

MISIDE Io ti ho inteso.

---

35   *misera*: triste.

36   *rimanemo*: rimanemmo.

37   *le cose sue*: i suoi beni.

ATTO SECONDO

Scena prima

Carino, Birria, Pamphilo

Carino: Che di' tu, Birria? maritasi hoggi colei a Pamphilo?

Birria: Così è.

Carino: Che ne sai tu?

Birria: Davo, poco fa, me lo ha detto in mercato.

Carino: O misero a me! Come l'animo è stato, innanzi a questo tempo, implicato nella speranza et nel timore, così, poi che mi è mancata la speranza, stracco ne' pensieri, è diventato stupido.

Birria: Io ti priego, o Carino, quando e' non si può quello che tu vuoi, che tu vogla quello che tu puoi.

Carino: Io non voglo altro che Philomena.

Birria: Ha! quanto sarebbe meglo dare opera che questo amore ti si rimovessi da lo animo, che parlare cose per le quali ti si raccenda più la vogla.

Carino: Facilmente, quando uno è sano, consigla bene chi è infermo: se tu fussi nel grado mio, tu la intenderesti altrimenti.

Birria: Fa' come ti pare.

Carino: Ma io veggo Pamphilo; io voglo provare ogni cosa prima che io muoia.

Birria: (*a parte*) Che vuole fare costui?

Carino: (*a parte*) Io lo pregherrò, io lo suplicherò, io gli narrerò il mio amore: io credo che io impetrerrò[38] ch'egli starà qualche dì a fare le noze; in questo mezo spero che qualche cosa fia.

Birria: (*a parte*) Cotesto qualche cosa è nonnulla.

Carino: Che ne pare egli a te, Birria? Vo io a trovarlo?

Birria: Perché no? Se tu non impetri alcuna cosa, che almeno pensi havere uno che sia parato a farlo becco, se la mena.

Carino: Tira via in mala hora con questa tua sospitione,[39] scelerato!

Pamphilo: Io veggo Carino. Dio ti salvi!

---

38   *inpetrerrò*: otterrò.
39   *sospitione*: supposizione.

Carino: O Pamphilo, Dio ti aiuti! Io vengo a te domandando salute, aiuto et consiglo.

Pamphilo: Per mia fé, che io non ho né prudenza da consigliarti né facultà da aiutarti. Ma che vuoi tu?

Carino: Tu meni hoggi donna?

Pamphilo: . E' lo dicono

Carino: Pamphilo, se tu fai questo, e' sarà l'ultimo dì che tu mi vedrai.

Pamphilo: Perché cotesto?

Carino: Heimè! che io mi vergogno a dirlo. De! diglene tu, io te ne priego, Birria.

Birria: Io glene dirò.

Pamphilo: Che cosa è?

Birria: Costui ama la tua sposa.

Pamphilo: Costui non è della opinione mia. Ma dimmi: hai tu hauto a fare con lei altro, Carino?

Carino: Ha! Pamphilo, niente.

Pamphilo: Quanto l'harei io caro!

Carino: Io ti priego, la prima cosa, per l'amicitia et amore nostro, che tu non la meni.

Pamphilo: Io ne farò ogni cosa.

Carino: Ma se questo non si può et se queste noze ti sono pure a quore...

Pamphilo: A quore?

Carino: ...almeno indugia qualche dì, tanto che io ne vada in qualche luogo per non le vedere.

Pamphilo: Ascoltami un poco: io non credo, Carino, che sia ofitio d'uno huomo da bene volere essere ringratiato d'una cosa che altri non meriti: io desidero più di fuggire queste noze che tu di farle.

Carino: Tu m'hai risucitato.

Pamphilo: Hora, se tu et qui Birria potete alcuna cosa, fatela, fingete, trovate, concludete, acciò che la ti sia data; et io farò ogni opera perché la mi sia tolta.

Carino: E' mi basta.

Pamphilo: Io veggo appunto Davo, nel consiglio del quale io mi confido.

Carino: (*rivolto a Birria*) Et anche tu, per mia fé, non mi rechi mai innanzi cose, se non quelle che non bisogna saperle. Vatti con Dio, in mala hora!

Birria: Molto volentieri.

Scena seconda

Davo, Carino, Pamphilo

Davo: (*a parte*) O Idio, che buone novelle porto io! Ma dove troverrò io Pamphilo per liberarlo da quella paura nella quale hora si truova et riempiergli l'animo d'alegreza?

Carino: Egli è allegro, né so perché.

Pamphilo: Niente è; ei non sa anchora il mio male.

Davo: (*a parte*) Che animo credo io che sia il suo, s'egli ha udito di havere a menar mogie?

Carino: (*a Pamphilo*) Odi tu quello che dice?

Davo: (*a parte*) Di fatto mi correrebbe dietro tucto fuora di sé. Ma dove ne cercherò io o dove andrò?

Carino: (*a Pamphilo*) Che non parli?

Davo: (*a parte*) Io so dove io voglo ire.

Pamphilo: Davo, se' tu qui? Férmati!

Davo: Chi è che mi chiama? O Pamphilo, io ti cercavo! o Carino! voi sete apunto insieme: io vi volevo tutti a dua.

Pamphilo: O Davo, io sono morto!

Davo: Che? De! stammi più tosto ad udire.

Pamphilo: Io sono spacciato.

Davo: Io so di quello che tu hai paura.

Carino: La mia vita, per mia fé, è in dubio.

Davo: Et anche tu so quello vuoi.

Pamphilo: Io ho a menar mogle.

Davo: Io me lo so.

Pamphilo: Hoggi.

Davo: Tu mi togli la testa;[40] perché io so che tu hai paura di haverla a menare, et tu ch'e' non la meni.

Carino: Tu sai la cosa.

Pamphilo: Cotesto è proprio.

Davo: Et in questo non è alcun periculo: guardami in viso.

Pamphilo: Io ti priego che, il più presto puoi, mi liberi da questa paura.

Davo: Ecco che io ti libero: Cremete non te la vuole dare.

Pamphilo: Che ne sai tu?

Davo: Sòllo. Tuo padre, poco fa, mi prese et mi dixe che ti voleva dare donna hoggi, et molte altre cose che non è hora tempo a dirle. Di facto, io corsi in mercato per dirtelo, et, non ti trovando quivi, me n'andai in uno luogo alto et guardai atorno; né ti vidi. Ma a caso trovai Birria di costui; domandàlo di te, rispósemi non ti havere veduto: il che mi fu molesto, et pensai quello che fare dovevo. In questo mezo, ritornandomi io a casa, mi nacque della cosa in sé qualche suspitione, perché io vidi comperate poche cose, et esso[41] stare maninconoso; et sùbito dixi fra me: — Queste noze non mi riscontrono —.

Pamphilo: A che fine di' tu cotesto?

Davo: Io me n'andai sùbito a casa Cremete, et trovai davanti a l'uscio una solitudine grande, di che io mi rallegrai.

Carino: Tu di' bene.

Pamphilo: Séguita.

Davo: Io mi fermai quivi, et non vidi mai entrare né uscire persona; io entrai drento, riguardai: quivi non era alcuno aparato[42] né alcuno tumulto.

Pamphilo: Cotesto è uno gran segno.

Davo: Queste cose non riscontrono con le noze.

Pamphilo: Non pare a me.

Davo: Di' tu che non ti pare? La cosa è certa. Oltre a di questo, io trovai uno servo di Cremete, che haveva comperato certe herbe et uno grosso[43] di pesciolini per la cena del vechio.

Carino: Io sono hoggi contento, mediante l'opera tua.

---

40   *mi togli la testa*: mi dai noia (mi fai perdere la calma).
41   *esso*: Simone.
42   *aparato*: preparativo.
43   *uno grosso*: cinque soldi.

Davo: Io non dico già così io.

Carino: Perché? Non è egli certo che non glene vuol dare?

Davo: Uccellaccio! Come se fussi necessario, non la dando a costui, che la dia a te! E' bisogna che tu ti affatichi, che tu vadia a pregare gl'amici del vechio et che tu non ti stia.[44]

Carino: Tu mi amunisci bene: io andrò, benché, per mia fé, questa speranza m'habbi ingannato spesso. A Dio!

Scena terza

Pamphilo, Davo

Pamphilo: Che vuole adunque mio padre? Perché finge?

Davo: Io tel dirò: se egli t'incolpassi hora che Cremete non te la vuole dare, egli si adirerebbe teco a torto, non havendo prima inteso che animo sia il tuo circa le noze. Ma se tu negassi, tucta la colpa sarà tua: et alhora andrà sottosopra ogni cosa.

Pamphilo: Io sono per sopportare ogni male.

Davo: O Pamphilo, egli è tuo padre et è difficile opporsegli. Dipoi, questa donna è sola: e' troverrà dal detto al fatto qualche cagione per la quale e' la farà mandar via.

Pamphilo: Che la mandi via?

Davo: Presto.

Pamphilo: Dimmi adunque quello che tu vuoi che io faccia.

Davo: Di' di volerla menare.

Pamphilo: Heimè!

Davo: Che cosa è?

Pamphilo: Che io lo dica.

Davo: Perché no?

Pamphilo: Io non lo farò mai !

Davo: Non lo negare.

Pamphilo: Non mi dare ad intender questo.

Davo: Vedi di questo quello che ne nascerà.

---

44   non ti stia: non rimanga fermo.

Pamphilo: Che io lasci quella et pigli questa!

Davo: E' non è così, perché tuo padre dirà in questo modo: — Io voglio che tu meni hoggi donna —. Tu risponderai: — Io sono contento —. Dimmi quale cagione harà egli d'adirarsi teco! Et tucti i suoi certi consigli gli torneranno sanza periculo incerti: perché, questo è sanza dubio, che Cremete non ti vuole dare la figluola: né tu per questa cagione ti rimuterai di non fare quel che tu fai[45] acciò che quello non muti la sua opinione. Di' a tuo padre di volerla, acciò che, volendosi adirare teco, ragionevolmente non possa. Et facilmente si confuta quello che tu temi, perché nessuno darà mai mogle a cotesti costumi: ei la darà più tosto ad uno povero. Et farai ancora tuo padre negligente a darti mogle, quando ei vegga che tu sia parato a piglarla; et a bell'agio cercherà d'un'altra: in questo mezo qualchosa nascerà di bene.

Pamphilo: Credi tu che la cosa proceda così?

Davo: Sanza dubio alcuno.

Pamphilo: Vedi dove tu mi metti.

Davo: De! sta' cheto.

Pamphilo: Io lo dirò:[46] ei bisogna guardarsi che non sappia che io habbi uno fanciullo di lei, perché io ho promesso d'alevarlo.

Davo: O audacia temeraria!

Pamphilo: La volle che io gli dessi la fede,[47] ché sapeva che io ero per observarliene.[48]

Davo: E' vi si harà advertenza. Ma ecco tuo padre: guarda che non ti vegga maninconoso.

Pamphilo: IO lo farò.

Scena quarta

Simo, Davo, Pamphilo

Simo: (*a parte*) Io ritorno a vedere quel che fanno o che partiti piglano.

Davo: (a Pamphilo) Costui non dubita che Pamphilo neghi di menarla, et ne viene pensativo di qualche luogo solitario,[49] et spera havere trovata la cagione di farti ingiuria; pertanto fa' di stare in cervello.

Pamphilo: Pure che io possa, Davo.

Davo: Credimi questo, Pamphilo, che non farà una parola sola, se tu di' di menarla.

---

45   *ti rimuterai ... fai*: cesserai di fare con Glicerio quello che ora fai.
46   *Io lo dirò*: dirò di sì al matrimonio.
47   *la fede*: la mia parola.
48   *ero per observarliene*: gliela avrei mantenuta.
49   *ne ... solitario*: viene da qualche luogo solitario dove ha potuto meditarci su.

Scena quinta

Birria, Simo, Davo, Pamphilo

Birria: Il padrone mi ha imposto, che lasciata ogni altra cosa, vadi observando Pamphilo, per intendere quello che fa di queste noze; per questo io l'ho seguitato, et veggo ch'egli è con Davo: io ho un tracto a fare questa faccenda.

Simo: E' sono qua l'uno et l'altro.

Davo: (*a Pamphilo*) Habbi l'ochio!

Simo: O Pamphilo!

Davo: Vòltati ad lui quasi che allo improviso.

Pamphilo: O padre!

Davo: Bene.

Simo: Io voglo che tu meni hoggi donna, come io ti ho detto.

Birria: Io temo hora del caso nostro, secondo che costui risponde.

Pamphilo: Né in questo né in altro mai sono per mancare in alcuna cosa.

Birria: Heimè!

Davo: Egli è ammutolato.

Birria: Che ha egli detto?

Simo: Tu fai quello debbi quando io impetro amorevolmente da te quel che io voglo.

Davo: (*a Pamphilo*) Ho io detto il vero?

Birria: Il padrone, secondo che io intendo, farà sanza mogle.

Simo: Vattene hora in casa, acciò che, quando bisogna, che tu sia presto.[50]

Pamphilo: Io vo.

Birria: E egli possibile che innegli huomini non sia fede alcuna? Vero è quel proverbio che dice che ognuno vuole meglo a sé che ad altri. Io ho veduta quella fanciulla et, se bene mi ricordo, è bella; per la quale cosa io voglo men male a Pamphilo, s'egli ha più tosto voluto abracciare lei che il mio padrone.[51] Io glene andrò a dire, acciò che per questa mala novella mi dia qualche male.

---

50   *presto*: pronto.
51   *ha più ... padrone*: «se ha preferito che fosse lui, anziché il mio padrone, a tenersela tra le braccia la notte ("si se illam in somnis quam ilium amplecti maluit")» (Blasucci-Casadei).

Scena sesta

Simo, Davo

Davo: (*a parte*) Costui crede hora che io gli porti qualche inganno et per questa cagione sia rimaso qui.

Simo: Che dice Davo?

Davo: Niente veramente.

Simo: Niente, he?

Davo: Niente, per mia fé!

Simo: Veramente io aspettavo qualche cosa.

Davo: (*a parte*) Io mi adveggo che questo gli è intervenuto fuori d'ogni sua opinione.[52] Egli è rimaso preso.

Simo: E egli possibile che tu mi dica il vero?

Davo: Niente è più facile.

Simo: Queste noze sono a costui punto moleste per la consuetudine che lui ha con questa forestiera?

Davo: Niente, per Dio; et, se fra, sarà uno pensiero che durerà dua o tre dì, tu sai? perch'egli ha preso questa cosa per il verso[53].

Simo: Io lo lodo.

Davo: Mentre che gli fu lecito et mentre che la età lo patì, egli amò; et alhora lo fecie di nascosto, perché quella cosa non gli dessi carico,[54] come debbe fare uno giovane da bene; hora ch'egli è tempo di menar mogle, egli ha diritto[55] l'anlmo alla mugle.

Simo: E' mi parve pure alquanto maninconoso.

Davo: Non è per questa cagione; ma ei ti accusa bene in qualche cosa.

Simo: Che cosa è?

Davo: Niente.

Simo: Che domine è?

---

52   *fuori ... opinione*: contrariamente alle sue aspettative.
53   *per il verso*: favorevolmente.
54   *carico*: «biasimo» (Inglese).
55   *diritto*: rivolto.

Davo: Una cosa da giovani.

Simo: Horsù, dimmi: che cosa è?

Davo: Dice che tu usi troppa miseria[56] in queste noze.

Simo: Io?

Davo: Tu. Dice che affatica hai speso dieci ducati: e' non pare che tu dia mogle ad uno tuo figluolo. Ei non sa chi si menare de' sua compagni a cena. Et, a dire il vero, che tu te ne governi così miseramente, io non ti lodo.

Simo: Sta' cheto.

Davo: (*a parte*) Io l'ho aizato.

Simo: Io provedrò che tutto andrà bene. (*a parte*) Che cosa è questa? Che ha voluto dire questo ribaldo? Et se ci è male alcuno, heimè, che questo tristo ne è guida.

---

56   *usi troppa miseria*: sei troppo avaro.

ATTO TERZO

Scena prima

Misis, Simo, Lesbia, Davo, Glicerio

Misis: Per mia fé, Lesbia, che la cosa va come tu hai detto: e' non si truova quasi mai veruno huomo che sia fedele ad una donna.

Simo: (*a Davo*) Questa fantesca è da Andro: che dice ella?

Davo: Così è.

Misis: Ma questo Pamphilo...

Simo: Che dice ella?

Misis: ...l'ha dato la fede...

Simo: (*a parte*) Heimè!

Davo: Dio volessi che o costui diventassi sordo o colei mutola!

Misis: ...perché gli ha comandato che quel che la farà s'allievi.[57]

Simo: O Giove, che odo io? La cosa è spacciata, se costei dice il vero!

Lesbia: Tu mi narri[58] una buona natura di giovane.

Misis: Ottima; ma vienmi dreto, ad ciò che tu sia attempo, se l'havessi bisogno di te.

Lesbia: Io vengo.

Davo: (*a parte*) Che remedio troverrò io hora ad questo male?

Simo: (*a parte*) Che cosa è questa? è egli sì pazo che d'una forestiera... già io so... ha! sciocho! io me ne sono adveduto!

Davo: (*a parte*) Di che dice costui essersi aveduto?

Simo: (*a parte*) Questo è il primo inganno che costui mi fa: ei fanno vista[59] che colei partorisca per sbigottire Cremete.

Glicerio: O Giunone, aiutami, io mi ti raccomando!

Simo: Bembè, sì presto? Cosa da ridere. Poi che la mi ha veduto stare innanzi all'uscio, ella

---

57   *quel ... s'allievi*: il bambino che verrà da lei partorito sia riconosciuto.

58   *narri*: descrivi, presenti.

59   *fanno vista*: fanno vedere.

sollecita[60]. O Davo, tu non hai bene compartiti questi tempi!

Davo: Io?

Simo: Tu ti ricordi del tuo discepolo.

Davo: Io non so quello che tu di'.

Simo: Come mi uccellerebbe costui, se queste noze fussino vere et havessimi trovato impreparato! Ma hora ogni cosa si fa con periculo suo: io sono al sicuro.

Scena seconda

Lesbia, Simo, Davo

Lesbia: Infino a qui, o Archile, in costei si veggono tutti buoni segni. Fa' lavare queste cose, dipoi gli date bere quanto vi ordinai et non più punto che io vi dixi. Et io di qui ad un poco darò volta[61] di qua. (*a parte*) Per mia fé, che gli è nato a Pamphilo uno gentil figluolo! Dio lo facci sano, sendo egli di sì buona natura che si vergogni di abbandonare questa fanciulla.

Simo: (*a Davo*) Et chi non crederrebbe che ti conoscessi, che anchor questo fussi ordinato da te?

Davo: Che cosa è?

Simo: Perché non ordinava ella in casa quello che era di bisogno alla donna di parto?[62] Ma, poi che la è uscita fuora, la grida della via a quegli che sono drento! O Davo, tieni tu sì poco conto di me, o paioti io atto ad essere ingannato sì apertamente? Fa' le cose almeno in modo che paia che tu habbia paura di me, quando io lo risapessi!

Davo: (*a parte*) Veramente costui s'inganna da sé, non lo inganno io.

Simo: Non te lo ho io detto? Non ti ho io minacciato che tu non lo faccia? Che giova? Credi tu ch'io ti creda che costei habbi partorito di Pamphilo?

Davo: (*a parte*) Io so dove ei s'inganna; et so quel ch'io ho a fare.

Simo: Perché non rispondi?

Davo: Che vuoi tu credere? Come se non ti fussi stato ridetto ogni cosa.

Simo: A me?

Davo: He! ho! Ha' ti tu inteso da te che questa è una fintione?

Simo: Io sono uccellato!

---

60   *ella sollecita*: si affretta. 7. una volta: una volta per tutte.
61   *darò volta*: tornerò.
62   *donna di parto*: puerpera.

Davo: E' ti è stato ridetto: come ti sarebbe entrato questo sospetto?

Simo: Perch'io ti conoscevo.

Davo: Quasi che tu dica che questo è facto per mio consiglo.

Simo: Io ne sono certo.

Davo: O Simone, tu non conosci bene chi io sono.

Simo: Io non ti conosco?

Davo: Ma come io ti comincio a parlare, tu credi che io t'inganni...

Simo: Bugie.

Davo: ...in modo che io non ho più ardire d'aprire la bocca.

Simo: Io so una volta' questo, che qui non ha partorito persona.

Davo: Tu la intendi; ma di qui a poco questo fanciullo ti sarà portato innanzi all'uscio; io te ne advertisco, acciò che tu lo sappia et che tu non dica poi che sia facto per consiglio di Davo, perché io vorrei che si rimovessi da te questa opinione che tu hai di me.

Simo: Donde sai tu questo?

Davo: Io l'ho udito et credolo.

Simo: Molte cose concorrono per le quali io fo questa coniectura: in prima, costei disse essere gravida di Pamphilo, et non fu vero; hora poi che la vede aparechiarsi le noze, ella mandò per la levatrice, che venissi ad lei et portassi seco uno fanciullo.

Davo: Se non accadeva che tu vedessi il fanciullo, queste noze di Pamphilo non si sarebbono sturbate.[63]

Simo: Che di' tu? Quando tu intendesti che si haveva ad pigliare questo partito, perché non me lo dicesti tu?

Davo: Chi l'ha rimosso da lei, se non io? Perché, non sa ognuno quanto grandemente colui l'amava? Hora egli è bene che tolga mogle: però mi darai[64] questa faccenda e tu nondimeno séguita di fare le noze. Et io ci ho buona speranza, mediante la gratia di Dio.

Simo: Vanne in casa, et quivi mi aspetta et ordina quello che fa bisogno. (*Davo esce*) Costui non mi ha al tutto costretto a credergli, e non so s'egli è vero ciò che mi dice: ma lo stimo poco, perché questa è la importanza, che 'l mio figluolo me lo ha promesso. Hora io troverrò Cremete e lo pregherrò che glene dia: se io lo impetro, che voglio io altro, se non che hoggi si faccino queste noze? Perché, a quello che 'l mio figluolo mi ha promesso, e' non è dubio ch'io lo potrò forzare, quando ei non volessi. Et apunto a tempo ecco Cremete.

---

63   *sturbate*: mandate all'aria.
64   *darai*: affiderai.

Scena terza

Simo, Chremete

Simo: A! quel Cremete!

Chremete: O! io ti cercavo.

Simo: Et io te.

Chremete: Io ti desideravo perché molti mi hanno trovato et detto havere inteso da più persone come hoggi io do la mia figluola al tuo figluolo: io vengo per sapere se tu o loro impazano.

Simo: Odi un poco et saprai per quel che io ti voglo et quello che tu cerchi.

Chremete: Di' ciò che tu vuoi.

Simo: Per Dio io ti prego, o Cremete, et per la nostra amicitia, la quale, cominciata da piccoli, insieme con la età crebbe; per la unica tua figluola et mio figluolo, la salute del quale è nella tua potestà; che tu mi aiuti in questa cosa et che quelle noze, che si dovevono fare, si faccino.

Chremete: Ha! non mi pregare, come se ti bisogni prieghi quando tu vogli da me alcun piacere. Credi tu che io sia d'altra facta[65] che io mi sia stato per lo adietro, quando io te la davo? S'egli è bene per l'una parte et per l'altra, facciamole; ma se di questa cosa a l'uno et l'altro di noi ne nascessi più male che commodo, io ti prego che tu habbi riguardo al comune bene, come se quella fussi tua, et io padre di Pamphilo.

Simo: Io non voglo altrimenti, et così cerco che si facci, o Cremete; né te ne richiederei, se la cosa non fussi in termine da farlo.

Chremete: Che è nato?

Simo: Glicerio et Pamphilo sono adirati insieme.

Chremete: Intendo.

Simo: Et di qualità che io credo che non se ne habbi a fare pace.

Chremete: Favole!

Simo: Certo la cosa è così.

Chremete: E' fia come io ti dirò, che l'ire degli amanti sono una reintegratione d'amore.

Simo: De! Io ti priego cne noi avantiano tempo[66] in dargli moglie mentre che ci è dato questo tempo, mentre che la sua libidine è ristucca[67] da le iniurie, innanzi che le scelerateze loro et le lacrime piene d'inganno riduchino l'animo infermo ad misericordia; perché spero, come e' fia legato

---

65   che io sia d'altra facta: che io mi sia mutato rispetto a...

66   *avantiano* tempo: anticipiamo.

67   *ristucca*: «rintuzzata sino ad essere placata» (Davico Bonino).

da la consuetudine et dal matrimonio, facilmente si libererà da tanti mali.

Chremete: E' pare a te così, ma io credo a che non potrà lungamente patire me né lei.

Simo: Che ne sai tu, se tu non ne fai experienza?

Chremete: Farne experienza in una sua figluola, è pazia.

Simo: In fine tucto il male che ne può risultare è questo: se non si corregge, che Dio guardi!, che si facci il divortio; ma, se si corregge, guarda quanti beni: in prima tu restituirai ad uno tuo amico uno figluolo, tu harai uno genero fermo[68] et la tua figluola marito.

Chremete: Che biso[g]na altro? Se tu ti se' persuaso che questo sia utile, io non voglio che per me si guasti alcuno tuo commodo.

Simo: Io ti ho meritamente sempre amato assai.

Chremete: Ma dimmi...

Simo: Che?

Chremete: Onde sai tu ch'egli è infra loro inimicitia?

Simo: Davo me lo ha detto, che è il primo loro consiglere; et egli mi persuade che io faccia queste noze il più presto posso. Credi tu che lo facessi, se non sapessi che 'l mio figluolo volessi? Io voglio che tu stessi oda le sua parole proprie. Olà, chiamate qua Davo! Ma eccolo che viene fuora.

Scena Quarta

Davo, Simo, Chremete

Davo: Io venivo a trovarti.

Simo: Che cosa è?

Davo: Perché non mandate per[69] la sposa? E' si fa sera.

Simo: (*a Cremete*) Odi tu quel che dice? (*a Davo*) Per lo adietro io ho dubitato assai, o Davo, che tu non facessi quel medesimo che suole fare la maggiore parte de' servi, d'ingannarmi per cagione del mio figluolo.

Davo: Che io facessi cotesto?

Simo: Io lo credetti, et in modo ne hebbi paura, che io vi ho tenuto segreto quello che hora vi dirò.

Davo: Che cosa è?

---

68   *fermo*: costante.
69   *mandate per*: mandate a chiamare.

Simo: Tu lo saprai, perché io comincio a prestarti fede.

Davo: Quanto tu hai penato ad conoscere chi io sono!

Simo: Queste noze non erano da dovero...

Davo: Perché no?

Simo: Ma io le finsi per tentarvi.

Davo: Che di' tu?

Simo: Così sta la cosa.

Davo: Vedi tu! mai me ne harei saputo avedere. U! Ha!, che consiglio astuto!

Simo: Odi questo: poi che io ti feci entrare in casa, io riscontrai a tempo costui.

Davo: Heimè! noi siam morti.

Simo: Di' a costui quello che tu dicesti a me.

Davo: Che odo io?

Simo: Io l'ho pregato che ci dia la sua figluola et con fatica l'ho ottenuto.

Davo: Io son morto.

Simo: Hem? che hai tu detto?

Davo: , Ho detto ch'egh e molta bene facto.

Simo: Hora per costui non resta.

Chremete: Io me n'andrò ad casa et dirò che si preparino; et, se bisognerà cosa alcuna, lo farò intendere a costui. (*Esce*)

Simo: Hora io ti prego, Davo, perché tu solo mi hai facte queste noze...

Davo: Io veramente solo.

Simo: ...sfòrzati di correggiere questo mio figluolo.

Davo: Io lo farò sanza dubio alcuno.

sarto Tu puoi hora, mentre ch' egli è adirato.

Davo: Sta' di buona vogla.

Simo: Dimmi, dove è egli hora?

Davo: IO mi maraviglo se non è in casa.

Simo: Io l'andrò a trovare et dirò a lui quel medesimo che io ho detto a te. (*Esce*)

Davo: (*da solo*) Io sono diventato pichino.[70] Che cosa terrà[71] che io non sia per la più corta mandato a zappare? Io non ho speranza che i prieghi mi vaglino: io ho mandato sottosopra ogni cosa; io ho ingannato il padrone et ho facto che hoggi queste noze si faranno, vogla Pamphilo o no. O astutia!. Che se io mi fussi stato da parte, non ne sarebbe risultato male alcuno. Ma ecco, io lo veggo. Io sono spacciato! Dio volessi che fussi qui qualche balza dove io a fiaccacollo[72] mi potessi gittare!

Scena quinta

Pamphilo, Davo

Pamphilo: Dove è quello scelerato che mi ha morto?[73]

Davo: Io sto male.

Pamphilo: Ma io confesso essermi questo intervenuto ragionevolmente, quando io sono sì pazo et sì da poco che io commetto e casi mia in sì disutile servo! Io ne porto le pene giustamente; ma io ne lo pagherò in ogni modo.

Davo: Se io fuggo hora questo male, io so che poi tu non me ne pagherai.

Pamphilo: Che dirò io hora a mio padre? Negherogli io quello che io gli ho promesso? Con che confidenza ardirò io di farlo? Io non so io stesso quello che mi fare di me medesimo.

Davo: Né anch'io di me; ma io penso di dire di havere trovato qualche bel tracto, per differire questo male.

Pamphilo: Ohè!

Davo: E' mi ha veduto.

Pamphilo: Olà, huom da bene, che fai? Vedi tu come tu m'hai aviluppato[74] co' tuoi consigli?

Davo: Io ti svilupperò.

Pamphilo: Sviluppera'mi?

Davo: Sì veramente, Pamphilo!

Pamphilo: Come hora?

Davo: Spero pure di fare meglo.

---

70   *pichino*: piccolino.
71   *terrà*: «impedirà» (Blasucci-Casadei).
72   *fiaccacollo*: rompicollo.
73   *morto*: ucciso.
74   *aviluppato*: imbrogliato.

Pamphilo: Vuoi tu che io ti creda, impichato,[75] che tu rassetti una cosa aviluppata et perduta? O! di chi mi sono io fidato, che d'uno stato tranquillo m'hai rovesciato adosso queste noze. Ma non ti dixi io che m'interverrebbe questo?

Davo: Sì, dicesti.

Pamphilo: Che ti si verrebbe egli?

Davo: Le forche! Ma lasciami un poco poco ritornare in me: io penserò a qualchosa.

Pamphilo: Heimè! perché non ho io spatio a piglare di te quel suplitio che io vorrei? Perché questo tempo richiede che io pensi a' casi mia et non a vendicarmi.

---

75   *impichato*: degno della forca

ATTO QUARTO

Scena prima

Carino, Pamphilo, Davo

Carino: (*a parte*) È ella cosa degna di memoria[76] o credibile che sia tanta pazia nata in alcuno che si rallegri del male d'altri et degli incommodi d'altri cerchi i commodi suoi? Ah! non è questo vero? Et quella sorte d'huomini è pessima, che si vergognano negare una cosa quando sono richiesti; poi, quando ne viene il tempo, forzati dalla necessità, si scuoprono[77] et temono. Et pure la cosa gli sforza a negare, et alhora usano parole sfacciate: — Chi se' tu? Che hai tu a fare meco? Perché ti ho io a dare le mia cose? Odi tu: io ho ad volere meglo a me! —. Et se tu gli domandi dove è la fede, e' non si vergognono di niente; et prima, quando non bisognava, si vergognorno. Ma che farò io? Androllo io a trovare per dolermi seco di questa ingiuria? Io gli dirò villania. Et se un mi dicessi: — Tu non farai nulla! — io gli darò pure questa molestia et sfogherò l'animo mio.

Pamphilo: Carino, io ho rovinato imprudentemente te et me, se Dio non ci provede.

Carino: Così, «imprudentemente»? Egli ha trovata la scusa! Tu m'hai observata la fede!

Pamphilo: O perché?

Carino: Credimi tu anchora ingannare con queste tua parole?

Pamphilo: Che cosa è cotesta?

Carino: Poi che io dixi d'amarla, ella ti è piaciuta. De! misero a me, che io ho misurato l'animo tuo con l'animo mio !

Pamphilo: Tu t'inganni.

Carino: Questa tua allegreza non ti sarebbe paruta intera, se tu non mi ha vessi nutrito et lattato d'una falsa speranza: habbitela.

Pamphilo: Che io l'habbia? Tu non sai in quanti mali io sia rinvolto et in quanti pensieri questo mio manigoldo m'habbi messo con i suoi consigli.

Carino: Maraviglitene tu? Egli ha imparato da te.

Pamphilo: Tu non diresti cotesto, se tu conoscessi me et lo amore mio.

Carino: Io so che tu disputasti assai con tuo padre: et per questo ti accusa, che non ti ha potuto hoggi disporre a menarla.

Pamphilo: Anzi, vedi come tu sai i mali mia! Queste noze non si facevano, et non era alcuno che mi volessi dare mogie.

Carino: Io so che tu se' stato forzato da te stesso.

---

76 *degna di memoria*: memorabile.
77 *si scuoprono*: si rivelano.

28

Pamphilo: Sta' un poco saldo[78]: tu non lo sai anchora.

Carino: Io so che tu l'hai a menare.

Pamphilo: Perché mi ammazi tu? Intendi questo: costui non cessò mai di persuadere, di pregarmi, che io dicessi a mio padre di essere contento di menarla, tanto che mi condusse a dirlo.

Carino: Chi fu cotesto huomo?

Pamphilo: Davo.

Carino: Davo?

Pamphilo: Davo manda sozopra ogni cosa.

Carino: Per che cagione?

Pamphilo: Io non lo so, se non che io so bene che Dio è adirato meco, poi che io feci a suo modo.

Carino: E ita così la cosa, Davo?

Davo: Si, è.

Carino: Che di' tu, scelerato? Idio ti dia quel fine che tu meriti! Dimmi un poco: se tutti i suoi nimici gli havessino voluto dare mogle, harebbongli loro dato altro consiglo?

Davo: Io sono stracco, ma non lasso[79].

Carino: Io lo so.

Davo: E' non ci è riuscito per questa via, enterreno[80] per una altra: se già tu non pensi che, poi che la prima non riuscì, questo male non si possa guarire.

Pamphilo: Anzi, credo che, ogni poco che tu ci pensi, che d'un paio di noze tu me ne farai dua.

Davo: O Pamphilo, io sono obligato in tuo servitio sforzarmi con le mani et co' piè, dì et nocte, et mettermi ad periculo della vita per giovarti. E' s'appartiene poi a te perdonarmi, se nasce alcuna cosa fuora di speranza, et s'egli occorre cosa poco prospera, perché io harò facto il meglo che io ho saputo; o veramente tu ti truovi uno altro che ti serva meglo, et lascia andare me.

Pamphilo: Io lo desidero; ma rimettimi nel luogo dove tu mi traesti.

Davo: Io lo farò.

Pamphilo: Ei bisogna hora.

Davo: Hem! Ma sta' saldo, io sento l'uscio di Glicerio.

---

78   *Sta' un poco saldo*: sii un po' paziente.
79   *Io ... lasso*: sono stanco ma non stremato.
80   *enterreno*: entreremo.

Pamphilo: E' non importa a te.

Davo: Io vo pensando.

Pamphilo: Hem? hor ci pensi?

Davo: Io l'ho già trovato.

Scena seconda

Miside, Pamphilo, Carino, Davo

Miside: Come io l'harò trovato, io procurerò[81] per te et ne merrò meco il tuo Pamphilo; ma tu, anima mia, non ti voler macerare.

Pamphilo: O Miside!

Miside: Che è? O Pamphilo, io t'ho trovato appunto.

Pamphilo: Che cosa è?

Miside: La mia padrona mi ha comandato che io ti prieghi che, se tu l'ami, che tu la vadia a vedere.

Pamphilo: U! Ha! ch'io son morto. Questo male rinnuova.[82] (*a Davo*) Tieni tu con la tua opera così sospeso me et lei? La[83] manda per me, perché la sente che si fanno le noze.

Carino: Da le quali facilmente tu ti saresti potuto abstenere, se costui se ne fussi abstenuto.

Davo: (*a parte*) Se costui non è per sé medesimo adirato, aizalo!

Miside: (*a Pamphilo*) Per mia fé, cotesta è la cagione; et però[84] è ella maninconosa.

Pamphilo: Io ti giuro, o Miside, per tutti gl'Iddei, che io non la abandonerò mai, non se io credessi che tutti gli huomini mi avessino a diventare nimici. Io me la ho cerca, la mi è tocca;[85] i costumi s'affanno: morir possa qualunque vuole che noi ci separiamo! Costei non mi fia tolta sed non da la morte.

Miside: Io risucito.

Pamphilo: L'oraculo d'Apolline non è più vero che questo. Se si potrà fare che mio padre creda che non sia mancato per me[86] che queste noze si faccino, io l'harò caro; quanto che no, io farò le cose alla abandonata et vorrò ch'egli intenda che manchi da me. (*a Carino*) Chi ti paio io?

---

81   *procurerò*: provvederò.
82   *rinnuóva*: ricomincia.
83   *La*: ella, cioè Glicerio.
84   *però*: perciò.
85   *tocca*: toccata in sorte.
86   *per me*: per colpa mia.

Carino: Infelice come me.

Davo: Io cerco d'un partito.[87]

Carino: Tu se' valente huomo.

Pamphilo: Io so quel che tu cerchi.

Davo: Io te lo darò facto in ogni modo.

Pamphilo: E' bisogna hora.

Davo: Io so già quello che io ho a fare.

Carino: Che cosa è?

Davo: Io l'ho trovato per costui, non per te, acciò che tu non ti inganni.

Carino: E' mi basta.

Pamphilo: Dimmi quello che tu farai.

Davo: Io ho paura che questo dì non mi basti a farlo, non che mi avanzi tempo a dirlo. Orsù, andatevi con Dio: voi mi date noia.

Pamphilo: Io andrò a vedere costei.

Davo: Ma tu dove n'andrai?

Carino: Vuoi tu ch'io ti dica il vero?

Davo: Tu mi cominci una historia da capo.

Carino: Quel che sarà di me?

Davo: Eh! o! imprudente! Non ti basta egli che, s'io differisco queste noze uno dì, che io lo do a te?

Carino: Nondimeno...

Davo: Che sarà?

Carino: Ch'io la meni.

Davo: Uccellaccio!

Carino: Se tu puoi fare nulla, fa' di venire qui.

Davo: Che vuoi tu ch'io venga? Io non ho nulla...

Carino: Pure, se tu havessi qualche cosa...

---

87   *d'un partito*: un'idea.

Davo: Orsù, io verrò!

Carino: ...Io sarò in casa.

Davo: Tu, Miside, aspettami un poco qui, tanto che io peni a uscire di casa. Miside: Perché?

Davo: Così bisogna fare.

Miside: Fa' presto!

Davo: Io sarò qui hora.

Scena terza

Miside, Davo

Miside: (*sola*) Veramente e' non ci è boccone del netto.[88] O Idii! io vi chiamo in testimonio che io mi pensavo che questo Pamphilo fussi alla padrona mia un sommo bene, sendo amico, amante et huom parato a tutte le sua vogle: ma ella, misera, quanto dolore pigla per suo amore! In modo che io ci veggo dentro più male che bene. Ma Davo esce fuora. (*a Davo*) Oimè! che cosa è questa? dove porti tu il fanciullo?

Davo: O Miside, hora bisogna che la tua astutia et audacia sia prompta.

Miside: Che vuoi tu fare?

Davo: Pigla questo fanciullo, presto, et pòllo[89] innanzi all'uscio nostro.

Miside: In terra?

Davo: Raccogli pagla et vincigle[90] della via, et mettiglene sotto.

Miside: Perché non fai tu questo da te?

Davo: Per potere giurare al padrone di non lo havere posto.

Miside: Intendo; ma dimmi: come se' tu diventato sì religioso?

Davo: Muoviti presto, acciò che tu intenda dipoi quel ch'io voglio fare. O Giove!

Miside: Che cosa è?

Davo: Ecco il padre della sposa: io voglio lasciare il primo partito.

Miside: Io non so che tu ti di'.

---

88   *non ... netto*: non esiste un boccone del tutto pulito.
89   *pòllo*: ponilo.
90   *vincigle*: ramoscelli di vinco, giunchi, così da formare con la paglia una cuna.

Davo: Io fingerò di venire qua da man dritta: fa' d'andare secondando il parlare mio dovunque bisognerà.

Miside: Io non intendo cosa che tu ti dica; ma io starò qui, acciò, se bisograssi l'opera mia, io non disturbi alcuno vostro commodo.

Scena quarta

Chremete, Miside, Davo

Chremete: (a parte) Io ritorno per comandare che mandino per lei, poi che io ho ordinato tutte le cose che bisognano per le noze... Ma questo che è? Per mia fé, ch'egli è un fanciullo! (a Miside) O donna, ha'lo tu posto qui?

Miside: (a parte) Ove è ito colui?

Chremete: Tu non mi rispondi?

Miside: (a parte) Hei, misera a me! ché non è in alcun luogo! Ei mi ha lasciata qui sola et èssene ito.[91]

Davo: O Dii, io vi chiamo in testimonio: che romore è egli in mercato! Quanta gente vi piatisce![92] Et anche la ricolta[93] è cara. Io non so altro che mi dire.

Miside: Perché mi hai tu lasciata qui così sola?

Davo: Hem? che favola è questa? O Miside, che fanciullo è questo? Chi l'ha recato qui?

Miside: Se' tu impazato? Di che mi domandi tu?

Davo: Chi ne ho io a dimandare, che non ci veggo altri?

Chremete: Io mi maraviglio che fanciullo sia questo.

Davo: Tu m'hai a rispondere ad quel ch'io ti domando. Tirati in su la man ritta.

Miside: Tu impani; non ce lo portasti tu?

Davo: Guarda di non mi dire una parola fuora di quello che io ti domando.

Miside: Tu bestemmi.

Davo: Di chi è egli? Di', ch'ognuno oda.

Miside: De' vostri.

---

91   *èssene ito*: se ne è andato.
92   *vi piatisce*: litiga.
93   *la ricolta*: il raccolto.

Davo: Ha! ha! io non mi maraviglo se una meretrice non ha vergogna.

Chremete: Questa fantesca è da Andro, come mi pare.

Davo: Paiamovi noi però huomini da essere così uccellati?

Chremete: Io sono venuto a tempo.

Davo: Presto, leva questo fanciullo di qui! Sta' salda; guarda di non ti partire di qui!

Miside: GI'Idii ti sprofondino,[94] in modo mi spaventi!

Davo: Dico io a te o no?

Miside: Che vuoi?

Davo: Domandimene tu ancora? Dimmi: chi è cotesto bambino?

Miside: Nol sai tu?

Davo: Lascia ire quel ch'io so: rispondi a quello che io ti domando.

Miside: È de' vostri.

Davo: Di chi nostri?

Miside: Di Pamphilo.

Davo: Come di Pamphilo?

Miside: O perché no.

Chremete: (a parte) Io ho ragionevolmente fuggite queste noze.

Davo: O scelerateza notabile!

Miside: Perché gridi tu?

Davo: Non vidi io che vi fu hieri recato in casa?

Miside: O audacia d'huomo!

Davo: Non vidi io una donna con uno involgime sotto?

Miside: Io ringratio Dio che, quando ella partorì, v'intervennono molte donne da bene.

Davo: Non so io per che cagione si è facto questo? — Se Cremete vedrà il fanciullo innanzi all'uscio, non gli darà la figliuola! — Tanto più gliene darà egli!

Chremete: (a parte) Non farà, per Dio!

---

94   *sprofondino*: estirpino.

Davo: Se tu non lievi via cotesto fanciullo, io rinvolgerò te et lui nel fango.

Miside: Per Dio, che tu se' obliàco!

Davo: L'una bugia nasce da l'altra. Io sento già susurrare che costei è cittadina atheniese...

Chremete: (*a parte*) Heimè!

Davo: ...et che, forzato da le leggi, la torrà per donna.

Miside: A! U! per tua fé, non è ella cittadina?

Chremete: (a parte) Io sono stato per incappare in uno male da farsi beffe di me.

Davo: Chi parla qui? O Cremete, tu vieni a tempo. Odi!

Chremete: Io ho udito ogni cosa.

Davo: Hai udito ogni cosa?

Chremete: Io ho udito certamente il tutto da principio.

Davo: Hai udito, per tua fé? Ve' che scelerateza! Egli è necessario mandare costei al bargello![95] Questo è quello. Non credi di uccellare Davo!

Miside: O miser' a me! O vechio mio, io non ho detto bugia alcuna.

Chremete: Io so ogni cosa. Ma Simone è drento?

Davo: È.

Miside: Non mi toccare, ribaldo! io dirò bene a Glicerio ogni cosa.

Davo: O pazerella! tu non sai quello che si è facto.

Miside: Che vuoi tu che io sappia?

Davo: Costui è il suocero et in altro modo non si poteva fare che sapessi quello che noi volavamo.

Miside: Tu me lo dovevi dire innanzi.

Davo: Credi tu che vi sia differenza, o parlare da quore, secondo che ti detta la natura, o parlare con arte?

Scena quinta

Crito, Miside, Davo

---

95   *al bargello*: alla polizia.

Crito: (*a parte*) E' si dice che Crisyde habitava in su questa piaza, la quale ha voluto più tosto arichire qui inhonestamente, che vivere povera honestamente nella sua patria. Per la sua morte i suoi beni ricaggiono[96] a me... Ma io veggo chi io ne potrò domandare. Dio vi salvi!

Miside: Chi veggo io? E questo Crito, consobrino[97] di Crisyde? Egli è esso.

Crito: O Miside, Dio ti salvi!

Miside: Et Crito sia salvo!

Crito: Così Crisyde, he?

Miside: Ella ci ha veramente rovinate.

Crito: Voi che fate? In che modo state qui? Fate voi bene?

Miside: Oimè! Noi? Come dixe colui: — Come si può — poiché, come si vorrebbe, non possiamo.

Crito: Glicerio che fa? Ha ella anchora trovato qui i suoi parenti?

Miside: Dio il volessi!

Crito: O! non ancora? Io ci sono venuto in male punto, ché, per mia fé, se io lo havessi saputo, io non ci harei mai messo un piede. Costei è stata tenuta, sempre mai tenuta sorella di Crisyde, et possiede le cose sua; hora, sendo io forestiero, quanto mi sia utile muovere una lite, mi ammuniscono gli exempli degli altri. Credo anchora che costei harà qualche amico et difensore, perché la si partì di là grandicella, che griderranno che io sia uno spione[98] et che io vogla con bugie aquistare questa heredità; oltra di questo non mi è lecito spogliarla.

Miside: Tu se' uno huom da bene, Crito, et ritieni il tuo costume antico.

Crito: Menami a lei, ché io la voglio vedere, poiché io sono qui.

Miside: Volentieri.

Davo: (*a parte*) Io andrò drieto a costoro, perch'io non voglio che in questo tempo il vechio mi vegga.

---

96   *ricaggiono*: ricadono.
97   *consobrino*: cugino da parte di madre.
98   *spione*: calunniatore.

ATTO QUINTO

Scena prima

Chremete, Simo

Chremete: Tu hai, o Simone, assai conosciuta l'amicitia mia verso di te; io ho corsi assai periculi: fa' fine[99] di pregarmi. Mentre che io pensavo di compiacerti, io sono stato per affogare questa mia figluola.

Simo: Anzi, hora ti priego io et suplico, o Chremete, che appruovi coi facti questo benefitio cominciato con le parole.

Chremete: Guarda quanto tu sia, per questo tuo desiderio, ingiusto! Et pure che tu faccia quello desideri[100], non observi alcuno termine di benignità né pensi quello che tu prieghi: che se tu lo pensassi, tu cesseresti di agravarmi con queste ingiurie.[101]

Simo: Con quali?

Chremete: Ha! domandine tu? Non mi hai tu forzato che io dia per donna una mia figluola ad uno giovane occupato nello amore d'altri et alieno al tucto dal tòrre mogle? Et hai voluto con lo affanno et dolore della mia figluola medicare il tuo figluolo. Io volli, quando egli era bene; hora non è bene; habbi patienza. Costoro dicono che colei è cittadina atheniese et ne ha hauto uno figluolo: lascia stare noi.

Simo: Io ti priego, per lo amore di Dio, che tu non creda a costoro: tutte queste cose sono finte et trovate per amore di queste noze. Come fia tolta la cagione per che fanno queste cose, e' non ci fia più standolo alcuno.

Chremete: Tu erri: io vidi una fantesca et Davo, che si dicevano villania.

Simo: Io lo so.

Chremete: Et da dovero, perché nessuno sapeva che io fussi presente.

Simo: Io lo credo; et è un pezo che Davo mi dixe che volevono fare questo, et hoggi te lo volli dire, et dimentica'melo.

Scena seconda

Davo, Chremete, Simo, Dromo

Davo: Hora voglo io stare con l'animo riposato...

Chremete: Ecco Davo a te.

---

99   *fa' fine*: smetti.
100   *Et ... desideri*: pur di ottenere quello che desideri.
101   *di ... ingiurie*: di farmi dei torti in continuazione.

Simo: Onde esce egli?

Davo: ...parte per mia cagione, parte per cagione di questo forestiero.

Simo: Che ribalderia è questa?

Davo: Io non vidi mai huomo venuto più a tempo di questo.

Simo: Chi loda questo scelerato?

Davo: Ogni cosa è a buon porto.

Simo: Tardo io di parlargli?

Davo: Egli è il padrone: che farò io?

Simo: Dio ti salvi, huom da bene!

Davo: O Simone, o Chremete nostro, ogni cosa è ad ordine.

Simo: Tu hai facto bene.

Davo: Manda per lei a tua posta.

Simo: Bene veramente! e' ci mancava questo! Ma rispondimi: che faccenda havevi tu quivi?

Davo: Io?

Simo: Sì.

Davo: Di' tu a me?

Simo: A te dich'io.

Davo: Io vi entrai hora...

Simo: Come s'io domandassi quanto è ch'e' vi entrò!

Davo: ...col tuo figluolo.

Simo: Ho! Pamphilo è dentro?

Davo: Io sono in su la fune.[102]

Simo: Ho! non dicesti tu ch'egli havieno quistione insieme?

Davo: Et hanno.

Simo: Come è egli così in casa?

---

102   *Io ... fune*: allude al tormento della corda, cui lo stesso Segretario fiorentino fu sottoposto nel febbraio del 1513.

Chremete: Che pensi tu che faccino? E' si azuffano.

Davo: Anzi, voglio, o Cremete, che tu intenda da me una cosa indegna: egli è venuto hora uno certo vechio, che pare huom cauto et è di buona presenza, con uno volto grave da prestargli fede.

Simo: Che di' tu di nuovo?

Davo: Niente veramente, se non quello che io ho sentito dire da lui: che costei è cittadina atheniese.

Simo: O! Dromo! Dromo!

Davo: Che cosa è?

Simo: Dromo!

Davo: Odi un poco.

Simo: Se tu mi di' più una parola... Dromo!

Davo: Odi, io te ne priego.

Dromo: Che vuoi?

Simo: Porta costui di peso in casa.

Dromo: Chi?

Simo: Davo.

Dromo: Perché?

Simo: Perché mi piace: portalo via!

Davo: Che ho io facto?

Simo: Portalo via!

Davo: Se tu truovi che io ti abbia dette le bugie, ammazami.

Simo: Io non ti odo. Io ti farò diventare dextro.[103]

Davo: Egli è pure vero.

Simo: Tu lo legherai et guardera'lo. Odi qua, mettigli un paio[104] di ferri: fallo hora et, se io vivo, io ti mosterrò, Davo, innanzi che sia sera, quello che importa, ad te ingannare il padrone, et a colui il padre.

Chremete: Ha! non essere sì crudele.

---

103   *Io ... dextro*: in Terenzio: «ego iam te commotum reddam»: ti farò ballare io. Machiavelli traduce l'espressione con una forma idiomatica; *dextro* significa agile.
104   *un paio*: uno alle mani e un altro ai piedi.

Simo: O Chremete, non ti incresce egli di me per la ribalderia di costui, che ho tanto dispiacere per questo figluolo? Orsù, Pamphilo! Esci, Pamphilo! Di che ti vergogni tu?

Scena terza

Pamphilo, Simo, Chremete

Pamphilo: Chi mi vuole? Oimè! egli è mio padre.

Simo: Che di' tu, ribaldo?

Chremete: Digli come sta la cosa, sanza villania.

Simo: E' non se gli può dire cosa che non meriti. (*a Pamphilo*) Dimmi un poco: Glicerio è cittadina?

Pamphilo: Così dicono.

Simo: O gran confidenza! Forze che pensa quel che risponde? Forse che si vergogna di quel ch'egli ha facto? Guardalo in viso, e' non vi si vede alcuno segno di vergogna. È egli possibile che sia di sì corrotto animo, che vogla costei fuora delle leggi et del costume de' cittadini, con tanto obbrobrio?

Pamphilo: Misero a me!

Simo: Tu te ne se' aveduto hora? Cotesta parola dovevi tu dire già quando tu inducesti l'animo tuo a fare in qualunque modo quello che ti aggradava: pure alla fine ti è venuto detto quello che tu se'. Ma perché mi macero et perché mi crucio io? Perché affiggo io la mia vechiaia per la pazia di costui? Voglo io portare le pene de' peccati suoi? Habbisela, tengasela, viva con quella!

Pamphilo: O padre mio!

Simo: Che padre! Come che[105] tu habbi bisogno di padre, che hai trovato, a dispetto di tuo padre, casa, mogie, figluoli et chi dice ch'ella è cittadina atheniese. Habbi nome Vinciguerra.

Pamphilo: Possoti io dire dua parole, padre?

Simo: Che mi dirai tu?

Chremete: Lascialo dire.

Simo: Io lo lascio: dica!

Pamphilo: Io confesso che io amo costei et, s'egli è male, io confesso fare male, et mi ti getto, o padre, nelle braccia; imponimi che carico tu vuoi: se tu vuoi che io meni mogle et lasci costei, io lo sopporterò il meglo che io potrò. Solo ti priego di questo, che tu non creda che io ci habbi facto venire questo vechio, et sia contento ch'io mi iustifichi et che io lo meni qui alla tua presenza.

Simo: Che tu lo meni?

---

105   *Come che*: come se.

Pamphilo: Sia contento, padre.

Chremete: Ei domanda il giusto: contentalo.

Pamphilo: Compiacimi di questo.

Simo: Io sono contento, pure che io non mi truovi ingannato da costui. (*Pamphilo esce*)

Chremete: Per uno gran peccato ogni poco di suplicio[106] basta ad uno padre.

Scena quarta

Crito, Chremete, Simo, Pamphilo

Crito: (*a Pamphilo*) Non mi pregare; una[107] di queste cagioni basta a farmi fare ciò che tu vuoi: tu, il vero et il bene che voglo a Glicerio.

Chremete: Io veggo Critone Andrio? Certo egli è desso.

Crito: Dio ti salvi, Cremete!

Chremete: Che fai tu così hoggi, fuora di tua consuetudine, in Athene?

Crito: Io ci sono a caso. Ma è questo Simone?

Chremete: Questo è.

Simo: Domandi tu me? Dimmi un poco: di' tu che Glicerio è cittadina?

Crito: Neghilo tu?

Simo: Se' tu così qua venuto preparato?[108]

Crito: Perché?

Simo: Domandine tu? Credi tu fare queste cose sanza esserne gastigato? Vieni tu qui ad ingannare i giovanetti imprudenti et bene allevati et andare con promesse pascendo l'animo loro?

Crito: Se' tu in te?

Simo: Et vai raccozando insieme amori di meretrici et noze?

Pamphilo: (*a parte*) Heimè! io ho paura che questo forestiero non si pisci sotto.[109]

---

106   *ogni poco di suplicio*: il castigo più leggero.
107   *una*: una sola.
108   *preparato*: ammaestrato.
109   *io ... sotto*: temo che non stia ben saldo. Terenzio aveva scritto «metuo ut substet».

41

Chremete: Se tu conoscessi costui, o Simone, tu non penseresti cotesto; costui è uno buono huomo.

Simo: Sia buono a suo modo: debbesegli credere ch'egli è appunto venuto hoggi nel dì delle noze et non è venuto prima mai?

Pamphilo: (*a parte*) Se io non havessi paura di mio padre, io gl'insegnerei la risposta.

Simo: Spione!

Crito: Heimè!

Chremete: Così è fatto costui, Crito; lascia ire.

Crito: Sia facto come e' vuole: séguita di dirmi ciò che vuole, egli udirà ciò che non vuole; io non prezo et non curo coteste cose, imperò che si può intendere se quelle cose che io ho dette sono false o vere, perché uno atheniese, per lo adrieto, havendo rotto la sua nave, rimase con una sua figloletta in casa il padre di Crisyde, povero et mendico.

Simo: Egli ha ordito una favola da capo.[110]

Chremete: Lascialo dire.

Crito: Impediscemi egli così?

Chremete: Séguita.

Crito: Colui che lo ricevette era mio parente; quivi io udi' dire da lui come egli era cittadino atheniese; et quivi si morì.

Chremete: Come haveva egli nome?

Crito: Ch'io ti dica il nome sì presto? Phania.

Chremete: O! Hu!

Crito: Veramente io credo ch'egli havessi nome Phania: ma io so questo certo, ch'e' si faceva chiamare Ramnusio[111].

Chremete: O Giove!

Crito: Queste medesime cose, o Cremete, sono state udite da molti altri in Andro.

Chremete: (a parte) Dio vogla che sia quello che io credo! (*A Crito*) Dimmi urn poco: diceva egli che quella fanciulla fussi sua?

Crito: No.

Chremete: Di chi dunque?

---

110   *d a capo*: fin dal principio.
111   *si faceva chiamare Ramnusio*: diceva di essere di Ramnunte, cittadina dell'Attica.

42

Crito: Figliuola del fratello.

Chremete: Certo, ella è mia.

Crito: Che di' tu?

Simo: Che di' tu?

Pamphilo: (*a parte*) Riza gli orechi, Pamphilo!

Simo: Che credi tu?

Chremete: Quel Fania fu mio fratello.

Simo: Io lo conobbi et sòllo.

Chremete: Costui, fuggendo la guerra mi venne in Asia drieto, et, dubitando di lasciare qui la mia figliuola, la menò seco; dipoi non ne ho mai inteso nulla, sed non hora.

Pamphilo: L'animo mio è sì alterato che io non sono in me per la speranza, per il timore, per la allegreza, veggendo uno bene sì repentino.

Simo: Io mi rallegro in molti modi che questa tua si sia ritrovata.

Pamphilo: Io lo credo, padre.

Simo: Ma e' mi resta uno scrupolo che mi fa stare di mala vogla.

Pamphilo: Tu meriti di essere odiato con questa tua religione.[112]

Crito: Tu cerchi cinque piè al montone!

Chremete: Che cosa è?

Simo: Il nome non mi riscontra.

Crito: Veramente da piccola la si chiamò altrimenti.

Chremete: Come, Crito? Ricorditene tu?

Crito: Io ne cerco.

Pamphilo: (*a parte*) Patirò io che la smemorataggine di costui mi nuoca, potendo io per me medesimo giovarmi? O Cremete, che cerchi tu? La si chiamava Passibula.

Crito: La è epsa!

Chremete: La è quella!

Pamphilo: Io glene ho sentito dire mille volte.

---

112   *religione*: scrupoli.

Simo: Io credo che tu, o Cremete, creda che noi siamo tutti allegri.

Chremete: Così mi aiuti Idio, come io lo credo.

Pamphilo: Che manca, o padre?

Simo: Già questa cosa mi ha facto ritornare nella tua gratia.

Pamphilo: O piacevole padre! Cremete vuole che la sia mia mogle, come la è!

Chremete: Tu di' bene, se già tuo padre non vuole altro.

Pamphilo: Certamente.

Simo: Cotesto.

Chremete: La dota di Pamphilo voglio che sia dieci talenti.

Pamphilo: Io l'accepto.

Chremete: Io vo a trovare la figluola. O Crito mio, vieni meco, perché io non credo che la mi riconosca.

Simo: Perché non la fai tu venire qua?

Pamphilo: Tu di' bene: io commetterò a Davo questa faccenda.

Simo: Ei non può.

Pamphilo: Perché non può?

Simo: Egli ha uno male di più importanza.

Pamphilo: Che cosa ha?

Simo: Egli è legato.

Pamphilo: O padre, ei non è legato a ragione.

Simo: Io volli così.

Pamphilo: Io ti priego che tu faccia che sia sciolto.

Simo: Che si sciolga!

Pamphilo: Fa' presto!

Simo: Io vo in casa.

Pamphilo: O allegro et felice questo dì!

Scena quinta

Carino, Pamphilo

Carino: Io torno a vedere quel che fa Pamphilo... Ma eccolo!

Pamphilo: Alcuno forse penserà che io pensi che questo non sia vero, ma e' mi pare [113] pure che sia vero. Però credo io che la vita degli Iddei sia sempiterna, perché i piaceri loro non sono mai loro tolti: perché io sarei, sanza dubio, immortale, se cosa alcuna non sturbassi questa mia allegrezza. Ma chi vorrei sopra ogni altro riscontrare [114] per narrargli questo?

Carino: Che allegreza è questa di costui?

Pamphilo: Io veggo Davo; non è alcuno che io desideri vedere più di lui, perché io so che solo costui si ha a rallegrare da dovero della allegreza mia.

Scena sesta

Davo, Pamphilo, Carino

Davo: (*cercando attorno*) Pamphilo dove è?

Pamphilo: O Davo!

Davo: Chi è?

Pamphilo: Io Sono.

Davo: O Pamphilo!

Pamphilo: Ha! tu non sai quello mi è accaduto.

Davo: Veramente no: ma io so bene quello che è accaduto a me.

Pamphilo: Io lo so anch'io.

Davo: Egli è usanza degli huomini che tu habbi prima saputo il male mio che io il tuo bene.

Pamphilo: La mia Glicerio ha ritrovato suo padre.

Davo: O! la va bene.

Carino: (*a parte*) Hem?

Pamphilo: Il padre è grande amico nostro.

---

113   *mi pare*: mi va.
114   *riscontrare:* incontrare.

Davo: Chi?

Pamphilo: Cremete.

Davo: Di' tu il vero?

Pamphilo: Né ci è più dificultà di haverla io per donna.

Carino: *(a parte)* Sogna costui quelle cose ch'egli ha vegghiando volute?

Pamphilo: Ma del fanciullo, o Davo?

Davo: Ha! sta' saldo: tu se' solo amato dagl'Idii.

Carino: *(a parte)* Io sono franco,[115] se costui dice il vero. Io gli voglio parlare.

Pamphilo: Chi è questo? O Carino! Tu ci se' arrivato a tempo.

Carino: O! la va bene.

Pamphilo: O! hai tu udito?

Carino: Ogni cosa. Hor fa' di ricordarti di me in queste tua prosperità. Cremete è hora tutto tuo, et so che farà quello che tu vorrai.

Pamphilo: Io lo so; et perché sarebbe troppo aspettare ch'egli uscissi fuora, séguitami, perch'egli è in casa con Glicerio. Tu, Davo, vanne in casa et sùbito manda qua chi la meni via. Perché stai? perché non vai?

Davo: *(al pubblico)* O voi, non aspectate che costoro eschino fuora. Drento si sposerà et drento si farà ogni altra cosa che manchassi. Andate, al nome di Dio, et godete!

Finis

---

115   *sono franco*: sono salvo. Può godere anche lui delle nozze.